Mano descobre
a paz

Esta edição possui os mesmos textos ficcionais da edição anterior, publicada pela editora SENAC São Paulo.

Mano descobre a paz
© Heloisa Prieto e Gilberto Dimenstein, 2001

Gerente editorial Claudia Morales
Editor Fabricio Waltrick
Editora assistente Thaíse Costa Macêdo
Diagramadora Thatiana Kalaes
Estagiária (texto) Raquel Nakasone
Estagiária (arte) Júlia Tomie Yoshino
Assessoria técnica Dr. Paulo V. Bloise
Preparadora Eliana Rocha
Coordenadora de revisão Ivany Picasso Batista
Revisoras Cátia de Almeida, Irene Incao, Ivone P. B. Groenitz, Jandira Queiroz e Kimie Imai
Projeto gráfico Silvia Ribeiro
Assistente de design Nicole Boehringer
Coordenadora de arte Soraia Scarpa

CIP-BRASIL. CATALOGAÇÃO NA FONTE
SINDICATO NACIONAL DOS EDITORES DE LIVROS, RJ

P949m
2.ed.

Prieto, Heloisa, 1954-
    Mano descobre a paz / Heloisa Prieto, Gilberto Dimenstein ; ilustrações Maria Eugênia. - 2.ed. - São Paulo : Ática, 2011.
    48p. : il. - (Mano : cidadão-aprendiz)

    ISBN 978-85-08-14387-0

    1. Literatura infantojuvenil brasileira. I. Dimenstein, Gilberto, 1956-. II. Eugênia, Maria, 1963-. III. Título. IV. Série.

10-5839.   CDD: 028.5
                                            CDU: 087.5

ISBN 978 85 08 14387-0
CAE:262150
Código da obra CL 737388

2019
2ª edição | 2ª impressão
Impressão e acabamento:PSP Digital

Todos os direitos reservados pela Editora Ática, 2011
Avenida das Nações Unidas, 7221 – CEP 05425-902 – São Paulo, SP
Atendimento ao cliente: 4003-3061 – atendimento@atica.com.br
www.atica.com.br

IMPORTANTE: Ao comprar um livro, você remunera e reconhece o trabalho do autor e o de muitos outros profissionais envolvidos na produção editorial e na comercialização das obras: editores, revisores, diagramadores, ilustradores, gráficos, divulgadores, distribuidores, livreiros, entre outros. Ajude-nos a combater a cópia ilegal! Ela gera desemprego, prejudica a difusão da cultura e encarece os livros que você compra.

Mano descobre
a paz

**Heloisa Prieto
Gilberto Dimenstein**

Ilustrações: Maria Eugênia

editora ática

Chocolate

Duas caixas de bombom.

Foi assim que eu descobri que o Oscar, meu melhor amigo, tinha se apaixonado.

As caixas estavam embrulhadas em papel-celofane, enfiadas no bolso da mochila. Acontece que o Oscar, o micreiro genial, que adora comer e odeia malhar, detesta chocolate.

O cara come qualquer coisa: bala de goma, pipoca doce, hot dog com purê e molho de tomate, mas chocolate, não.

E aquelas caixas?

– *Ei, Oscar, me conte: você deu pra gostar de chocolate? Olha que teu pai te prometeu um equipamento novo se você fizer regime!*

– *Que chocolate, hein, Mano?*

– *Esse aí. Tô vendo duas caixas de bombom na sua mochila!*

O Oscar tentou desviar minha atenção apontando rapidinho pra tela, falando muito sobre um game novo. Foi então que eu percebi. O negócio era sério. O cara estava mudando.

– *Oscar, nem vem, pode falar, meu.*

– *É a Sofia.*

– *A garota nova que entrou na classe? O que tem ela?*

– *Meu, ela é a melhor micreira que eu já encontrei, sabia? Ela é gênio, cara. A gente tem se falado todo dia.*

– *Claro, Oscar, você senta atrás dela na classe.*

– *Mas não é na classe, Mano.*

– *O quê? Vocês ficam se encontrando?*

– *É... quer dizer... a gente se encontra na rede.*

– *Tudo bem, Oscar, mas o que isso tem a ver com o chocolate?*

– *A Sofia adora.*

– *Ih... já estou começando a entender... Você vai dar as caixas de bombom pra ela, certo?*

– Mais ou menos.

– Que mais ou menos, cara. Anda, conta tudo de uma vez. Eu sou ou não sou seu melhor amigo?

Nisso, a gente ouviu um barulho esquisito. Na sala, a tevê estava ligada e alguém chorava. Será que era na novela?

– Oscar, espera, daqui a pouco você me conta. Tem alguém chorando na sala.

– Ih, Mano, tem mesmo. Será que é a Shirley?

– Tá louco, meu, onde já se viu? A Shirley só chora se for de raiva, e esse barulho é de choro triste mesmo. Ai, Oscar, tô achando que é minha mãe.

– Quer que eu vá embora, Mano? Sabe como é, tipo assunto de família.

– Eu não, eu quero é que você venha comigo até a sala. Melhor descobrir o pior.

Era minha mãe mesmo.

Estava assistindo a um filme antigão, branco e preto, chorando feito bebê. Do lado dela, uma caixa de lenços de papel e uma caixa de bombons imensa.

– Quer um pouco?

– Do quê, mãe? Lenço ou bombom?

– Mano, para com isso, meu filho. Esse é o filme mais lindo da minha vida!

– Que filme?

– **Casablanca**.

– Mas, mãe, se o filme é bom, por que essa choradeira?

— Porque ele me emociona tanto, tanto, tanto...

Eu fiquei ali, paradão, reparando que o Oscar já tinha sumido pra cozinha e, na certa, ia fazer um estrago total na geladeira, e que os letreiros passavam e que o filme era mesmo muito antigo.

— Mãe, que história é essa?
— É de guerra.
— Entendi, morre um monte de gente e você ficou triste.
— Morre. Quer dizer, deve morrer. É filme de guerra, mas eu fiquei triste porque é história de amor, meu filho.
— Meu, e desde quando filme de amor dá tanta vontade de chorar?
— Ah, Mano, você é pequeno pra essas coisas. Deixa pra lá.

Eu saí da sala e estava quase chegando na cozinha quando esbarrei na Shirley. Ela estava toda de branco. Vinha da academia do Valdisnei, que é capoeirista e marido dela. Valdisnei é meu ídolo, meu mestre de capoeira, meu grande amigo, mas, aqui em casa, se a gente quer entender alguma coisa, precisa falar com a Shirley. Ela trabalha conosco há sete anos e conhece a família inteira, de trás pra frente.

— Mano, você não percebeu que sua mãe está com saudades do Caetano?

O Caetano é o namorado da minha mãe.

Quando meus pais se separaram, a barra pesou pra caramba aqui em casa. Minha mãe chorava tanto que eu pensei que não tinha mais conserto. Depois, meu pai começou a sair com várias garotas que tinham quase a mesma idade que as amigas do Pedro, meu irmão mais velho. Eu estranhava, mas ficava quieto. Ia pra internet me distrair. Com meu irmão foi diferente. Ele ficou muito esquisito, largou os esportes, parou de estudar e ficou amigo de um cara nojento chamado Sombra e daí... meu, se eu começo a contar tudo agora... Quem deu menos trabalho foi minha irmã caçula, a Natália. Não sei se foi porque ela era pequena demais pra entender ou porque só vive pensando nas amiguinhas, nas bonecas e nas maluquices que ela gosta de inventar.

Quer dizer, rolou muita confusão na família, mas não foi tudo por causa do meu pai. Antes teve também a história da minha avó, que depois eu conto porque é muito triste. Sei lá, eu era bem pequeno, mas pra mim era como se tivesse passado um furacão na minha casa, e as coisas e as pessoas voavam, voavam e nunca nada voltava para o lugar.

Bom, mas, de repente, um dia, minha mãe resolve fazer uma reforma no apartamento, pra mudar o astral. Contrata um arquiteto. E não é que o cara era muito legal? Eu gostei dele porque meu quarto ficou demais, com bancada para computador, com armários pra guardar minhas coleções de carrinhos. Eu vi que ele me entendia. Acho que também foi assim com a minha mãe. A gente só percebeu que eles estavam saindo juntos quando a reforma terminou, mas aí o Caetano já tinha entrado pra família.

— Mano, cai na real, que cara é essa? — perguntou a Shirley.
— Eu estava me lembrando de quando o Caetano apareceu aqui em casa.
— Sua mãe merece, meu filho. O Caeto é um cara legal.

– É mesmo. Ele foi pra Nova York, mas será que não volta logo?
– Ele volta, mas gente apaixonada detesta distância.
– Mas, Shirley, me diz, você que é a sabidona: o que é que um filme de guerra tem a ver com o Caetano em Nova York?
– Tem a ver com a saudade. Você devia assistir esse filme. É bem lindo, a história de um amor impossível. E, por falar em amor, me conte tudo, Mano. Ando achando o Oscar meio diferente.
– Tipo o quê?
– Tipo esquecendo tudo, rindo à toa. Ele está gostando de alguém?
– Shirley, você me dá medo, cara. Como é que adivinhou?
– Porque eu já nasci sabendo, Maninho... Quem é ela?
– Ih, melhor nem te contar, porque, se tem um amor impossível, é esse do Oscar. Não quero nem ver...
– Mano, Shirley, o que é que vocês estão falando com essa cara de espião?

Pronto. Era o Oscar. A sorte foi que, atrás dele, vieram meu avô e minha mãe. Os dois estavam discutindo por causa da lista de supermercado, e eu disfarcei e mudei de assunto.

Pobre Oscar...

Eu não preciso ser tão esperto quanto a Shirley pra adivinhar que o cara estava completamente ferrado. E ele é o meu melhor amigo. Quer dizer, vai sobrar confusão pro meu lado, já vi tudo.

Vírus

Oscar devorava um pacotinho de batatas e cuspia as palavras:

— Meu pai me pediu pra instalar um programa no computador dele. Falou de mim para todos os amigos. Era um programa complicado, da firma.

— E daí?

— Daí que eu pisei na bola. Foi tosco, cara. Eu achei que era fácil. Deixei pra última hora. O negócio encrencou. Meu pai quase me matou.

— E daí?

— Daí que a Sofia me mandou um e-mail à toa. Contei tudo pra ela. A garota veio aqui, na minha casa, passou o domingo inteiro comigo.

— E daí?

— Deu certo, cara, ela é gênio. Nós conseguimos. Ela salvou minha pele.

— Mas, Oscar, não estou entendendo qual é o problema.

— O problema tem nome, infelizmente. Meu, eu queria que o cara não tivesse nascido. Eu impliquei com ele na hora em que o sujeito colocou o pé na escola, meu, eu odeio o cara!

— Por acaso você está falando do Samir?

— É. Eu não gosto nem de falar o nome do figura.

— Mas, Oscar, você tá achando que a Sofia está gostando dele?

— É... quer dizer, eu não gosto nem de pensar nisso.

— Será, Oscar?

— Se todas ficaram idiotas por causa dele, por que é que ela ia ser diferente, cara? Você já reparou? Até a Anísia baba quando o Samir começa a falar na classe.

— Oscar, eu só te digo uma coisa: se isso for verdade, cara, você tá ferrado...

Samir e Sofia

Agora, de volta ao passado.

Neste ano, duas pessoas novas entraram na classe: Samir e Sofia.

Sofia chegou de mansinho. Ela é calada, carrega muitos livros, superboa aluna. Levou um tempo pra gente perceber que ela tem muito humor.

Um dia, Oscar e eu estávamos jogando batalha-naval na hora do recreio. Lá pelas tantas, caímos numa discussão: Oscar detesta perder. Quer dizer, isso eu também detesto.

A Sofia comia um sanduíche do lado da gente. Olhou para os dois de um jeito esperto e riu muito. Demos risadas também. Acabou a briga. Foi legal.

Quem primeiro descobriu a Sofia foi a Anísia, nossa professora de artes, a melhor de todos os tempos, sangue bom mesmo. Anísia começou a puxar conversa, a pedir a opinião dela na classe. Sofia sempre arrasa, mas ela é meiga. Tipo nada esnobe. Ela sabe das coisas, mas nunca bota banca pra cima de ninguém. Pelo contrário, se der pra ajudar uma pessoa em perigo com a lição, ela ajuda.

Um dia, por exemplo, ela contou que já viajou por toda a Europa e morou em Israel. Os pais da Sofia são linguistas, pesquisam pedras com escrita cuneiforme, quer dizer, pré-históricas. É muito legal quando ela conta dos sítios arqueológicos, das viagens. Ah, quase me esqueço: a Sofia fala várias línguas.

Resumindo: eu gosto dela pra caramba. Aliás, todo mundo gosta. E o Oscar, pobrezinho... já viu... o cara ficou totalmente apaixonado.

Agora, quem curte mesmo o Samir são as meninas.

Nós, os homens da classe, não gostamos muito dele, não.

E até a Anísia, que é bem esperta, dá um sorriso diferente quando ele fala, o que me irrita muito. É como se ela ficasse encantada com as baboseiras que ele adora inventar. Porque o cara fala o tempo todo, tipo frases bonitas, aparentemente profundas. Fico mal-humorado pra caramba. Primeiro, porque o cara é o maior bonitão. Todo mundo na classe tem espinha, ou tem

9

cabelo estranho, ou é gordo demais, ou magro demais, ou comprido demais. Todo mundo tropeça, derruba tudo e faz bobagem. Menos o Samir.

Saca essas figurinhas fashion? Saca uns tipos de olho grandão, bem preto, cabelo grosso, bem preto, sorriso grandão, bem largo? É mais ou menos assim.

Infelizmente, eu tenho que admitir: o cara faz sucesso.

Ele dá florzinha para uma menina e ela gosta. Ele carrega a mochila de outra, a garota adora. De vez em quando ele ajuda uma menina na lição, com segundas intenções, claro. Quer piorar? O cara é bom em todos os esportes. Quer perceber como a situação é grave? A família do cara tem um haras de cavalos árabes. Ele sempre aparece com fotos maravilhosas e promete levar as meninas para a fazenda. Agora, toque final: vira e mexe o Samir desanda a contar lendas dos povos dos desertos, da coragem dos **tuaregues**, da sabedoria dos nômades. Cara, eu fico com muita raiva! Dá até pra ouvir os suspiros das garotas. E é como eu disse: até a Anísia cai na dele. Pobre Oscar, como é que dá pra competir?

Digo isso porque, entre todas as garotas da classe, com quem é que o Samir cisma? Com a Sofia, lógico. Desgraça pouca é bobagem.

Pobre Oscar... ele, que nunca teve uma namorada, nunca ficou com ninguém, nunca teve uma amiga especial, como eu...

Mas, espera, hoje eu não quero falar de mim, não. Preciso escrever sobre o triângulo das Bermudas: Oscar, Sofia e Samir. Quem sabe assim baixa uma ideia e eu consigo ajudar...

Guerra declarada

A festa tinha sido bem chatinha.

Era aquele final, quando todo mundo fica comendo os restos, sem coragem de ir embora, com preguiça de levantar do sofá, sem assunto: a hora do bocejo.

Só que o Samir não deixa barato.

Sentou-se no meio de todos nós e desandou a falar. O cara nunca desanima, é impressionante.

— Lá em casa está rolando uma festa também.

A preguiça era tanta que ninguém disse nada.

— A festa é para um tio meu. Ele veio do Oriente Médio e trouxe uma parte de seu harém. Minha mãe disse que uma das esposas prometeu fazer a dança do ventre. Se eu tivesse um carro, convidava todos vocês pra assistir. Eu vi a moça, ela é linda!

— Tá brincando com a gente, né? — comentou a Sofia. — Vai dizer que seu tio tem várias mulheres?

— Lógico que sim. É assim que funciona na minha família.

— Ah, é?! Então, quando você crescer, também vai precisar de um harém! — A Sofia estava mesmo a fim de provocar.

— Lógico que sim. É assim que são os homens do meu sangue.

Oscar começou a espumar:

— Escuta aqui, ô, Samir. Você está no Brasil, esqueceu? Aqui você teria que responder a um processo por bigamia, poligamia, sei lá.

— Você tá zoando com todo mundo, Samir. E quem é que ia topar uma barbaridade dessas? — quis saber a Sofia.

— Muita gente. Gente igual a você.

— Eu??!! Nem morta.

— Nunca diga "nunca", Sofia. Você sabe como é a vida.

— Escuta aqui, Samir. Pra mim, a vida é assim: meus pais se conheceram bem jovens, num **kibutz**. Os dois estudavam em Israel. Ficaram apaixonados. Caíram na estrada. Depois eu nasci. Eles gostam de fazer tudo juntos. E no mundo deles tem tanta coisa pra fazer que ninguém quer perder tempo com história de harém. Cara, nunca pensei que você fosse tão ridículo e convencido!

Sofia levantou-se do sofá e foi embora da festa pisando duro.

A guerra estava declarada.

Para grande felicidade do Oscar! Meu pobre amigo Oscar... Ah, se ele soubesse...

Olho por olho

No dia seguinte, na escola, Anísia resolve falar sobre cinema.
— *Sabem qual é a grande piada em Hollywood?* — ela pergunta.
Silêncio, claro.
— *Que o maior roteirista de cinema contemporâneo se chama* **William Shakespeare**! *Morto há tantos séculos.*
Daí em diante a aula foi muito legal.
A gente ficou sabendo da época de Shakespeare, das aventuras e da coragem da companhia de teatro que ele liderava.
— *Vocês acham que punk é baderneiro?* — perguntava a Anísia. — *Pois na época de Shakespeare, na Inglaterra, quem não gostasse da peça ia logo tacando um monte de ovo e tomate. É por isso que ele inventava uma cena de ação atrás da outra, pra prender a atenção da plateia.*
Depois, ela passou vários filmes inspirados em Shakespeare, mas o preferido da classe foi **Romeu + Julieta**, porque as meninas ficaram totalmente apaixonadas pelo Romeu, que era o Leonardo DiCaprio.
Quando acabou o filme, Samir levantou e começou com seu número preferido:
— *Na minha família aconteceu uma história igualzinha.*
— *Como?* — perguntaram as meninas, meio suspirando.
— *Um antepassado meu se apaixonou por uma menina que já havia sido prometida a um sultão. Os dois combinaram uma fuga e, à noite, saíram correndo pelo deserto.*

14

– E daí, Samir?
– E daí que eles foram apanhados e mortos.
– O quê?
– O sultão mandou que suas cabeças fossem cortadas.
– Mas, depois disso, todos da família fizeram as pazes!
– Claro que não.
– Como não?
– Naquela época era assim: olho por olho, dente por dente. Quem desobedecia a uma ordem de pai levava a pior. Normal.

Foi um tumulto. A classe toda falava ao mesmo tempo. Nisso, a Anísia pergunta para o Samir:

– E você, Samir? Se estivesse no lugar de seu primo, você tentaria a fuga?
– Claro que sim!
– Tá brincando, meu!
– Tô falando sério. O amor é o fator mais importante na vida de alguém.
– Mas, Samir – foi dizendo o Oscar, vermelho de raiva –, você não disse outro dia que homem de verdade precisa ter um monte de mulher? Quem gosta de muitas não gosta de nenhuma, cara!

Oscar foi aplaudido pelas meninas. Sofia riu, chegou perto e deu um abraço nele. Aí que a cara do Oscar ficou mais vermelha que tomate maduro. Mas o Samir não ia deixar uma coisa dessas acontecer. Imagine se o Oscar, meu pobre amigo, ia sair com vantagem diante das meninas.

– No lugar de responder, Anísia, prefiro citar meu poeta preferido. Você sabe, há muito tempo estudo poesia.

Pronto. Ganhou a Anísia. Fiquei com uma raiva daquelas, mas, na hora em que o cara começou a declamar, eu, Hermano Santiago, que achava texto poético a coisa mais babaca do mundo, gostei.

– Atenção, meus amigos, o autor desta fala se chama **Ibn Hazm**. Nasceu na Andaluzia e morreu no ano de 1064. Estudava a filosofia **sufi**, a arte do amor. Ele disse assim:

> Certa vez uma pessoa me perguntou a idade, pois tenho os cabelos longos e totalmente brancos, bem como o rosto marcado por rugas. Respondi: "Tenho uma hora de idade. Porque, na verdade, todo o tempo que vivi não é nada".
>
> E a pessoa comentou: "O que você quer dizer? Como assim? Explique-se. Isso me parece tão comovente".
>
> E eu lhe disse: "Um dia, roubei um beijo, um beijo secreto daquela que possui meu coração. Que se passem muitos dias, meses ou anos, para mim, só conta aquele breve momento, porque nele está toda a minha vida".

Meu, quando o Samir acabou de falar, olhei para o lado. Silêncio. Lágrimas nos olhos de Anísia. Cutuquei o Oscar. "Cara, agora é que vai ter fila pra beijar o cara!"

Pensei que o Oscar fosse emendar com outra piada, como seria o jeito dele. Mas não. Ele estava mudo. Branco. Ombro caído. Catei meu amigo pelo braço.

– Anísia, a gente pode sair um pouco mais cedo?

Anísia olhou pro Oscar e fez que sim com a cabeça.

Espanhol louco

Quando chegamos em casa, meu avô estava pintando um quadro. Cumprimentou a gente e logo perguntou nossa opinião. Meu avô é espanhol. Ele adora pintura. Seus maiores ídolos são os grandes pintores **Miró** e **Picasso**, mas nesse dia ele estava pintando um quadro totalmente diferente, com a imagem de um relógio que derretia feito manteiga.

– *Que tal, meu neto, gostou de minha imitação de* **Salvador Dalí**?

Respondi que sim e ele continuou.

– *Eu gosto muito do Dalí. O apelido dele era "o louco espanhol". E o cara era maluco mesmo. Só que era um gênio também. Era apaixonado por uma mulher muito inteligente, Gala, que ele chamava de musa e que, sempre que possível, colocava em seus quadros.*

– *Era um amor pra valer, não é meu pai?*

Minha mãe também estava chegando. Ela vinha do consultório. Minha mãe é psicóloga, gosta muito de gente, conhece tanto as pessoas que parece uma antena. Bom, ela bateu o olho no Oscar e sacou.

– *Diga aí, Oscar, você está bem?*

Oscar nem respondeu e saiu correndo pra cozinha. E, enquanto a gente ouvia o barulho dele abrindo a geladeira, eu acabei contando:

– *Mãe, o Oscar tá ferrado.*

– *Que ferrado, nada, meu neto* – foi dizendo meu avô. – *O que é que a gente não pode resolver na vida?*

– *Um amor impossível!*

– *Como é? O Oscar está apaixonado?*

Nisso, o Oscar já estava voltando com uma montanha de sorvete e ouviu a conversa.

– *Conte para nós, Oscar, a gente te ajuda* – disse minha mãe.

– *Eu não consigo* – respondeu o Oscar, já na terceira colherada.

– *Vai, eu conto* – eu disse. – *É assim: entrou na classe uma menina chamada Sofia, que é linda, maravilhosa, esperta e legal. Ficou amiga do Oscar e deu a maior força pra ele, porque ela é micreira das boas.*

– *Mas então, qual é o problema?* – perguntou minha mãe.

– *O problema se chama Samir. O cara é sarado, inteligente e rico pra caramba. E...*

– *Ele quer namorar a Sofia, certo?*

– *Certo, mãe.*

Minha mãe abriu a boca para começar a falar, mas meu avô começou antes, dizendo:

– *Oscar, meu amigo, olhe bem para mim!*

— O que foi, seu Hermano?

— Eu por acaso sou algum galã? Eu não sou baixo, barrigudo e narigudo, de pescoço curto e braço comprido?

— O que é isso, papai? Assim o senhor parece um monstro!

— Não, minha filha, é pro Oscar compreender que amor é cego. Pois minha querida Concepción, sua mãe, era linda, tinha vários pretendentes, mas foi gostar justamente de mim, Hermano Santiago.

— E qual foi seu segredo? – perguntei.

— Sinceridade, meu filho. Sabe, eu fiquei tão apaixonado por ela que virei um bobo. Eu, que sempre fui tão racional, um jornalista competente, desandei a escrever poemas de amor, a mandar flores, a ficar imaginando o tempo todo como é que eu ia agradar sua avó.

— E a vovó?

— No começo ela ficou muito brava. Me chamava de doido. Sabe, sua avó era durona, uma intelectual que lutava em defesa dos direitos da mulher. Ela dizia que era tudo bobagem, que amor romântico não existe, que o que vale mesmo é o companheirismo e a troca intelectual.

— E daí? – perguntamos todos ao mesmo tempo.

— Daí eu compreendi o que estava acontecendo. Sabe, nossa família veio do campo, da terra, sabe como é. Já sua avó era uma moça da cidade, criada com muito requinte. Ela não acreditava no que eu sentia porque não conseguia entender o meu jeito. Sua avó achava tudo um exagero, uma bobagem passageira. Foi aí que comecei a pintar. Quadros muito estranhos e misteriosos, cheios de símbolos que eu via durante os sonhos que tinha naquela época, e, para minha grande surpresa, se ela detestava meus poemas, dos quadros ela gostava. Um dia, depois de tanta insistência minha, ela olhou bem nos meus olhos, riu daquele jeito tão bonito que era típico dela e disse assim: "Hermano Santiago, vou te dar uma chance, mas é uma só, hein?".

— E foi assim que eu vim ao mundo, meu pai? – perguntou minha mãe, divertindo-se com a história.

— É isso aí, minha filha. Moral da história: Oscar, vá à luta.

— Posso falar um pouco? – perguntou minha mãe. E continuou: – Eu acho que vocês estão exagerando muito, Mano, Oscar. Na vida real, não existe uma menina tão legal quanto a Sofia, nem um cara tão poderoso quanto o Samir. Na certa, ela tem suas fragilidades e o Samir pode ser um sujeito muito fechado, mesmo sendo todo bonitão.

— Ih, lá vem ela com lição de casa, né? – era a Shirley. De vez em quando, ela e minha mãe se pegam em discussão.

— Shirley, já que você é tão sabida, responda rápido: o que é o amor? – perguntou minha mãe.

— Sei lá.

— Arregou, hein?

— De jeito nenhum! É que eu prefiro falar que nem naquela música que eu gosto.

— Vai, Shirley, não enrola! – disse o Oscar.

— Como é mesmo? Ah, já lembrei. Ela diz assim: "Qualquer maneira de amor vale a pena, qualquer maneira de amor vale amar". Cada um tem seu jeito, que coisa!

— Eh, Shirley. Tá certo, eu detesto admitir, mas valeu!

— Sabe o que é, Camila? Eu tenho experiência, eu tenho vivência...

— Pronto, minha filha. Shirley já ficou insuportável.

— O que é isso, seu Hermano? Que nada, eu estou é com muito medo...

— Do quê?

— Não sei bem. Eu tive um sonho ruim ontem.

— Ai, caramba, lá vem bobagem.

— Não, eu estou falando sério. Quando é que o Caetano volta de Nova York?

— O congresso de arquitetura acaba no dia 12 de setembro.

— Era melhor se ele viesse antes.

— Por quê, Shirley?

— Porque meu orixá fica só me avisando. Vai ter perigo, vai ter perigo. Mas eu torço pra desta vez ele estar bem errado...

— Axé, dona Shirley, e pare com isso, por favor. Hoje o assunto é o Oscar.

E, a essa altura, o Oscar, que já tinha terminado seus dois quilos de sorvete, lascou um beijo gelado na minha mãe e foi embora com uma cara bem melhor.

— Valeu pessoal. Valeu, seu Hermano. Deixe comigo!

11 de setembro

Naquela noite só tive pesadelos.

Era aquele tipo de sonho esquisito, escuro, que tem umas cenas que a gente não lembra direito e fica com muito medo se tentar.

Mas medo mesmo eu comecei a sentir quando ouvi a conversa da Shirley, bem cedinho, na cozinha, com meu avô:

— *Seu Hermano, eu tive aquele sonho de novo. E o senhor sabe o que aconteceu da última vez que eu sonhei com o meu orixá.*

Meu avô balançava a cabeça e dizia:

— *Para com isso, Shirley. Tá parecendo um urubu. Eu nunca mais quero falar desses seus sonhos premonitórios. Fique quieta, Shirley, pelo menos me respeite um pouco.*

Achei que eles iam começar uma briga e entrei na cozinha fazendo bastante barulho de propósito.

Minha mãe já me contou muitas vezes do tal sonho da Shirley. Foi num dia muito triste. Eu era quase um bebê. Minha avó decidiu viajar de carro à noite, sozinha. Ela precisava dar uma palestra numa escola que ficava no interior. Nunca conheci direito minha avó, mas sei que ela falava muito bem, era jornalista como meu avô e escrevia sobre mulheres. Bem, eu nunca conheci direito minha avó porque ela sofreu um acidente fatal naquela mesma noite.

Meu avô, tão bravo, tão durão, ficou péssimo. Ele, que fala sem parar, não dizia nada, não comia nada e também não conseguia mais dormir. Foi por isso que acabou vindo morar conosco e, logo depois, meu pai pirou e saiu gastando dinheiro pra tudo quanto é lado.

A Shirley gosta de dizer duas coisas: que ela sonhou com perigo na noite do acidente e que, se todos tivessem ficado em casa, nada teria acontecido. Ela diz também que meu avô ficou bom por minha causa. É que eu era um bebê e, como ele ficava em casa, acabou ajudando a cuidar de mim. Mas a Shirley diz que fui eu que cuidei dele, que foi por minha causa que meu avô voltou a viver. Eu não me lembro de nada disso, mas gosto dessa parte da conversa.

Agora, esse negócio do sonho, juro que eu detesto. Sinto pavor. E, naquele dia, cheguei na escola morrendo de medo. O que será que ia acontecer?

20

Terror

Bom, foi muito rápido.

Sentei no meu lugar, abri a mochila. Tirei os cadernos e minha lapiseira preferida. Eu estava fechando o estojo quando a porta da classe abre, Oscar entra na sala, a cara branca feito cera, e diz, com uma voz muito esquisita:

– *Meu, estão passando um filme muito estranho na tevê!*

– *Cala a boca, Oscar!* – gritou alguém lá no fundo.

– *É, você não acha cedo demais pra falar bobagem?*

E todo mundo riu.

Só que então a porta da classe abriu de novo.

Era a Anísia. Olho arregalado.

– *Pessoal, está acontecendo uma coisa muito grave!*

Daí, no lugar de começar a aula com as perguntas espertas que ela adora fazer pra gente, a Anísia simplesmente ligou a televisão que usa pra passar vídeo e nós vimos a cena.

Era muito estranho mesmo.

Duas torres em Nova York pegando fogo.

Parecia filme de espião, de ficção, sei lá, só que a filmagem era ruim feito reality show. Não tinha música, não tinha efeito especial, só uma voz que dizia:

"Um avião acaba de chocar-se contra as Torres Gêmeas. Não se sabe ainda o número de mortos e feridos. Calcula-se que no mínimo 3 mil pessoas tenham sido atingidas..."

A voz falava sério, e, devagarinho, comecei a perceber que aquilo estava acontecendo de verdade. Depois, só conseguia pensar que a Shirley nunca se assusta à toa, e que o orixá dela não mente, e que eu estava com medo, muito medo.

Nostradamus

— É o fim do mundo! É a terceira guerra mundial!

Cara, quando cheguei em casa, não dava pra acreditar: tinha vela acesa em todo lugar, meu avô gritava com a Shirley e ela respondia berrando e chorando ainda mais alto. Fiquei ali parado, sem saber se desligava a televisão, o rádio ou o computador, se voltava pra escola, se me escondia no banheiro ou se tomava coragem e mandava todo mundo ficar quieto, mas nisso chega o Valdisnei, a única pessoa do mundo que consegue deter uma discussão entre a Shirley e o meu avô.

— Que fim do mundo, nada, Shirley! Deus é brasileiro, aqui não rola guerra nunca.

— Tá louco, Valdisnei? — gritou meu avô. — E eu não fui preso? E não houve a **luta armada**, você se esqueceu?

— E o **Nostradamus**, Valdisnei, ele nunca errou profecia nenhuma! Ai, eu sou tão jovenzinha, eu queria tanto viver...

— Shirley, para com isso, esquece o Nostradamus. A gente tem o axé. Nostradamus já era, minha flor...

E foi só depois que o Valdisnei convenceu a Shirley a parar de se descabelar e fazer um cafezinho que meu avô me contou que as torres haviam sido derrubadas por um atentado terrorista, que aquilo não tinha sido acidente coisa nenhuma e que os Estados Unidos poderiam entrar em guerra contra o Oriente Médio se isso tudo fosse comprovado.

Sentado na mesa, eu nem conseguia segurar o copo de suco que a Shirley tinha me dado, de tanto que eu tremia, mas a coisa piorou mesmo quando minha mãe abriu a porta da frente.

— Camila, filha minha, o que é isso? — gritou meu avô.

Minha mãe estava de olhos vermelhos, rosto todo marcado de lágrimas, as mãos tremendo mais que as minhas quando disse pra gente:

— O congresso do Caetano era nas Torres Gêmeas!

24

12 de setembro

Na escola, todo mundo só falava da guerra. As notícias pioravam a cada minuto, o número de mortos aumentava e as pessoas começaram a falar de um tal de **Bin Laden**. Na tevê, diziam que ele era o verdadeiro responsável pelo ataque às torres.

Eu já tinha ouvido falar do cara, mas nunca tinha prestado muita atenção. Agora, o nome dele, pelo menos para mim, dava medo só de pensar. E, se na escola estava um horror, mais medo ainda eu tinha de voltar pra casa.

E o Caetano? O que será que tinha acontecido com ele?

Como eu vivo dizendo, "desgraça pouca é bobagem". Os professores ficavam pisando na bola o tempo todo. Alguns, como a Anísia, evitavam falar na guerra, diziam que a gente tinha que se concentrar na aula, no Brasil, aqui e agora.

Mas eu ficava achando que ela estava louca para falar da guerra e tinha medo, porque na classe estão o Samir, filho de árabe, e a Sofia, judia.

Nosso professor de história resolveu colocar o dedo na ferida e explicar o porquê da guerra. Não conseguiu. A classe inteira começou a falar ao mesmo tempo. Tinha gente dizendo que os Estados Unidos são prepotentes, que eles se metem em tudo no mundo. Outros defendiam os árabes; outros, Israel; outros diziam que estourar torre não resolve nada. Enquanto todo mundo falava, gritava, murmurava, fui ficando tonto e só conseguia repetir sozinho uma frase do **Gandhi** que meu avô me ensinou e que diz assim: "Não há caminho para a paz. A paz é o caminho...".

Nisso, no auge da zorra toda, entra nosso professor de educação física, toca um apito e manda todo mundo pra quadra.

Bin Laden

Quando o Manuel, nosso professor, levou todo mundo pra fora, eu achei legal. Pelo menos a falação acabava. Mas, na hora em que o jogo de basquete começou, eu só queria voltar para o aconchego da classe. Pelo menos, sentado em carteira, ninguém consegue socar ninguém.

Cara, era horrível.
Impossível jogar.
Falta atrás de falta.
Todo mundo nervoso.
Todo mundo gritando.
E o Samir apanhando.
É isso mesmo.

Fora o Oscar, que não quis jogar, e eu, porque detesto fazer falta, todos os caras da classe deram um jeito de machucar o Samir. Era um tal de pisão, cotovelada, tabefe e até beliscão. A camiseta dele ficou toda rasgada.

Manuel cansou de marcar falta e interrompeu o jogo.

Foi pior.

Bastou ele descer pra beber água, começou a pancadaria.

E o coro.

"Bin Laden! Bin Laden! Bin Laden!"

O Samir é o tipo de cara que normalmente não leva desaforo pra casa, mas, nesse dia, ele estava caidão. Ficou parado, quieto, sem reagir, enquanto todo mundo cercava o cara pra dizer absurdo.

Tentei chegar perto pra ver se ajudava.

Mas eu sou baixinho. Estava bem difícil furar o cerco.

Foi quando alguém da quadra de cima tacou uma bolada certa na cabeça do Julião, que comandava o coro.

Todo mundo virou pra ver de onde vinha a bola.

Cara, se não tivesse visto com meus próprios olhos, eu nunca teria acreditado.

Porque a bola tinha saído da mão sabe de quem?

Sofia.

Justo a Sofia. É... a Sofia mesmo, em pessoa.

Parece que a surpresa tomou conta de todo mundo. Rolou um tempo de silêncio. E o Manuel desistiu de dar aula. Mandou todo mundo voltar pra casa.

Beco sem saída

Mas foi justamente na rua que a coisa piorou geral.

Eu estava indo pra casa com o Oscar, quando vi o bando do Julião correndo atrás do Samir.

Bom, é como eu já disse. Gostar do Samir, eu não gostava muito, não. Eu sou baixinho e magro. O Oscar é gordo e grande demais pra brigar. Mas se tem uma coisa que a gente não suporta é injustiça.

Corremos atrás da confusão.

Julião e o bando encurralaram o Samir num beco sem saída. Meu, o cara ia levar uma surra mortal. Foi então que eu disse assim pro Oscar:

– *Hora de bancar lutador de **sumô**.*

Oscar respirou fundo, tirou a camisa, que ele nunca tira, porque gosta de esconder a barriga, abaixou a cabeça e até eu senti uma ponta de medo.

– *E você, Maninho* – disse o Oscar –, *pode invocar o seu **Ogum**.*

Eu entendi. Eu concordei.

28

Eu sou magro, baixinho, mas acontece que eu jogo capoeira desde que comecei a andar. Sou bom pra cacete. E é por isso que eu nunca luto. Prometi isso pro Valdisnei. Que só lutava quando fosse mesmo muito necessário, quando houvesse perigo real. Como agora.

– *Vamos no três?*

– *Um, dois, três.*

Quando a gente se mete numa cena de ação, meu, depois fica difícil lembrar direitinho como foi.

Lembro que o Oscar se jogou contra o Julião com tanta força que o cara voou pro chão. Eu aproveitei a brecha, corri para o lado do Samir, que já estava caído, com a cara machucada, e comecei a rodar.

Eu estava completamente preparado para a luta.

Eu sentia a presença magnética de meu orixá ao meu lado.

Sim, Ogum, deus da luta, se fosse preciso, eu lutaria.

Só que não foi.

Quando o Julião se recuperou da barrigada do Oscar, quando viu a perícia perfeita de meus movimentos, sabe o que aconteceu?

Saiu correndo.

Ele e todo o bando.

Correndo sem olhar pra trás.

Aí não deu mais.

Ninguém se lembrou da guerra, ninguém se lembrou de mais nada, foi muito engraçado. O Oscar começou a rir tanto que caiu sentado. O Samir abraçou o Oscar e rolava no chão. Eu sentei do lado dos dois e comecei com uma gargalhada que foi saindo de pouquinho até ficar tão forte que minha barriga doía. A gente se sentia tão unido, tão bem, que custou pra perceber quem é que estava parada na nossa frente, de braços cruzados, balançando a cabeça.

— *Menino é tudo louco, mesmo...*

Quando Samir percebeu a presença da Sofia, levantou, secou o rosto na camisa e já começou a fazer pose de galã, mas ela disse:

— *Pode ficar sentado que eu quero conversar...*

Olhei para ela e, naquele momento, pensei que a Sofia era a garota mais legal e bonita que eu já tinha encontrado na vida, que ela parecia um sonho vivo. E foi batendo um carinho tão grande, mas tão grande... Por falar em bater, eu olhei pro lado.

O Oscar estava mudo. Babando. A mesma coisa o Samir.

Ela deve ter achado muito engraçado. Sentou-se devagarinho, tirou um lenço de papel da bolsa e foi passando em todos nós. Primeiro, no meu rosto.

— *Sabe, Mano, que você tem um rosto lindo?*
— *Oscar, você é o garoto mais fofo que eu já conheci. De verdade.*
— *E você, Samir, tem os olhos mais misteriosos que já vi. É por causa do deserto?*

Silêncio. Ela continuou:

— *Sabem, eu estou começando a gostar dessa história de poligamia, porque, se eu tivesse que escolher um de vocês, não sei quem eu pegaria. Aliás, minha mãe me disse que aqui mesmo, no Brasil, em certas etnias do Amazonas, cada mulher tem direito a pelo menos três maridos...*

Ela ria muito, mas o Samir ficou uma fera.

— *O que é isso, Sofia? Onde já se viu?*
— *Mas, Samir, eu comecei a pensar assim por sua causa. Ou sua regra só vale mesmo pra sultão?*

Nos levantamos e fomos saindo, meio pendurados uns nos outros. Era uma sensação tão boa que fiquei pensando que toda briga, toda guerra, tinha que acabar assim, sem inimigo, sem pancadaria, na risada, na pizza mesmo. Aliás, a essa altura o Oscar já estava morto de fome e a gente foi direto para a lanchonete comemorar.

O cafezinho

Voltei pra casa dando risada e me sentindo bem feliz.

Mas, na hora de abrir a porta, lembrei da minha mãe, do Caetano, e senti muito medo outra vez.

Lá em casa, quando rola perigo, minhas tias espanholas que rezam terço correm pra começar a novena. Eu tinha certeza de que, quando abrisse a porta, ia dar com uma rezadeira daquelas, com minha mãe chorando, com a Shirley gritando, com um baixo-astral do caramba.

Fechei os olhos e contei até três.

Mas a porta abriu na minha cara.

Minha mãe.

Completamente feliz.

– A gente ouviu você chegando, meu filho!

Dentro de casa, festa. Bolo, alegria e cafezinho.

– *Eu não disse que Deus é brasileiro, Mano?*

– *O que é isso, Shirley, não estou entendendo nada!*

– *Caetano está salvo, meu filho!*

– *Nossa! Como é que foi?*

– *Foi que Deus é brasileiro.*

– *Para com isso, Shirley, explica melhor.*

– *Imagina que o Caetano e um bando de outros arquitetos resolveram adiar um pouco a reunião e dar um pulinho num coffee shop, porque todo mundo queria tomar um café-expresso. Foi o tempo de descer. Estavam todos de cafezinho na mão, a duas quadras das torres, quando elas começaram a cair.*

E a Shirley abraçava minha mãe e dizia:

– *Tá vendo como meu santo é forte? Ele foi até Nova York ficar do ladinho do Caetano, porque eu sonhei e pedi, tá vendo?*

Minha mãe abraçava a Shirley, depois corria e abraçava meu avô, que, por sinal, detesta abraço, mas estava até aceitando, quando, finalmente, vieram as tias. Todas de preto, todas de terço na mão, mas, assim que viram a festa, correram pra minha mãe e pediram pra tomar vinho do Porto, porque de cafezinho elas nunca gostaram, não. E daí meu avô pegou o violão – coisa que ele só fazia no tempo da minha avó – e começou a tocar. E tia Maria, a mais velha, sentou-se ao lado dele, começou a cantar e, num minuto, no lugar de pegar terço, minhas tias pegaram castanholas, começaram a dançar um **pasodoble** e virou uma festa tão legal que parecia até coisa de filme.

31

Na real

A vida é mesmo louca.

Lá em casa estava a maior alegria, mas, no dia seguinte, na escola, ninguém falava mais com ninguém.

Eu estava prestando atenção na aula quando recebi um bilhetinho do Julião, com uma caveirinha desenhada, dizendo só assim:

Nem precisa dizer que o Oscar e a Sofia receberam bilhetinhos também. Daí eu resolvi que a gente precisava se cuidar. Fiz mais três bilhetes e passei para o Samir, o Oscar e a Sofia, dizendo pra gente se encontrar no beco.

Ainda bem que tive essa ideia. Tanto a Sofia quanto o Samir estavam tristes pra caramba.

– Meus pais querem que eu mude de escola – disse o Samir. – Eles ficaram sabendo da história do Julião. E agora também têm medo de sequestro e outras coisas piores. Querem que eu pare de estudar um tempo e fique descansando na fazenda do Paraná, enquanto eles resolvem direito para onde eu devo ir. Talvez eu mude até de país.

– Mas Samir, na sua família é assim? Seus pais resolvem tudo por você?

– Mais ou menos. Quer dizer, meus pais precisam acatar as decisões de meus conselheiros. Quando eu fizer 21 anos vou herdar muitas coisas, responsabilidades também. Mas, como há muito dinheiro envolvido, tudo precisa ser resolvido em reuniões familiares.

– Até a escola onde você estuda?

– É.

– Então, como é que você, tão rico, veio parar aqui na nossa escola?

– Porque eu estava indo muito mal, repetindo de ano, coisas assim. Estava superdesanimado, e a escola de vocês foi considerada uma das melhores da cidade. Sabe, Sofia, bem que eu queria ser filho de uma família pequena, estar sempre próximo dos meus pais, como você.

– Ah, Samir, mas eu também tenho problemas.

– Você? Mas você parece tão feliz!

– Pois é esse o nosso problema. Excesso de felicidade.

– Tá brincando!

– Já pensou como é ser filha única de um casal superapaixonado?

– Deve ser bom.

– Mais ou menos. Eu sempre tenho a impressão de que estou atrapalhando a vida deles. Além disso, minha mãe cisma que eu preciso ser igual a ela, conhecer um cara legal da minha idade e nunca mais ter problemas para o resto da vida.

– Ei, Sofia, eu só tenho um pouco mais que a sua idade, né? – disse o Oscar, sorridente.

– *Eu também* – eu disse, e levei uma cotovelada do Oscar.

Mas a Sofia não disse nada, só sorriu e depois olhou bem fundo para o Samir. Os dois foram saindo e conversando baixinho. E, antes que eu abrisse a boca pra consolar o Oscar, ele suspirou fundo, me deu um tapinha nas costas e disse:

– *Deixa pra lá, Mano. A gente é cavalheiro, e o Samir, bom, até que o cara é bem legal...*

Eu abracei o Oscar e fiquei pensando como é bom ter um amigo assim, enquanto de longe a gente via que o Samir e a Sofia também se abraçavam, mas que aquilo entre os dois era muito mais do que uma simples amizade.

Epidemia

Quando começaram as notícias de que várias pessoas estavam morrendo por causa de uma doença muito antiga, chamada **antraz**, o medo do fim do mundo voltou. Meu avô me explicou que aquilo podia ser o começo de uma guerra bacteriológica, que ninguém sabia quantas pessoas ainda poderiam morrer.

Mas fim do mundo eu achei mesmo quando o Samir foi embora da escola.

A vida é cheia de surpresas.

Não é que eu sentia falta dele? Das histórias dos tuaregues, das lendas dos desertos, do jeitão dele com as meninas, que eu estava começando a aprender, e das conversas que a gente tinha todos os dias.

Antes do Samir ir embora, o Oscar, a Sofia, o Samir e eu conversávamos todas as tardes. A gente ficava horas na lanchonete ou, quando não dava, a conversa rolava na internet.

Até que um dia o Samir faltou e, à noite, o Oscar e eu recebemos um e-mail dele:

Mano e Oscar

Preciso ir embora e não posso dizer para onde vou.
Nem pra vocês, os melhores amigos que eu tive na vida. Estou muito triste.

Samir

Lá na África

Meu, se o Oscar e eu ficamos com saudades do Samir, imagine só a Sofia. Ela não quis conversar sobre o assunto, mas a gente percebeu que ela foi ficando cada vez mais calada e abatida.

Um dia ela nos convidou para ir até a lanchonete de sempre.

— *Eu tenho duas grandes novidades hoje.*

— *Que bom! É legal quando acontece coisa nova* — fui dizendo, pra levantar o astral.

— *Mais ou menos.*

— *Como assim? Não vai dizer que você também vai embora da escola?*

— *Vou, sim.*

Bem, nem precisa dizer, o Oscar e eu ficamos mudos.

— *Mas é só por dois anos. Meus pais querem passar um tempo na África. Querem fazer uma pesquisa na Nigéria.*

— *Bom, pelo menos, você vai ver muita coisa diferente, né? Já pensou? Girafa, leão, deve ser muito legal.*

— *É. Quer dizer, tudo isso é legal, mas estou muito triste porque gosto tanto de vocês e da escola!*

— *Mas a gente pode ir se falando na rede, e depois a gente dá um jeito de ir pra África também.*

— *Tá louco, Oscar? Tá pensando que ir pra África é que nem ir pro Guarujá?*

— *Uai, é só pedir pra Shirley rezar pro tal do Ogum. Afinal, ele não é africano? Daí a gente pega o grupo de capoeira do Valdisnei e vê quem é que tem vontade de ir pra África. Me disseram que as companhias aéreas dão uma passagem de graça quando o grupo é grande...*

— *Oscar, dá um tempo, cara!* — eu disse, dando risada.

No meio dessa conversa maluca, Sofia também começou a rir um pouco. E nós ficamos felizes, porque isso não acontecia mais depois da partida do Samir.

— *Espera, pessoal, lembra que eu disse que tinha outra novidade?*

— *Ah é!*

— *Então, meus pais vão dar uma grande festa pra mim, que será pra comemorar duas coisas ao mesmo tempo: a minha despedida e o meu* **bat-mitzvá**.

— *Como é que é?*

— *Bat-mitzvá é uma cerimônia religiosa judaica, uma passagem na vida da gente, um jeito de marcar a hora de crescer e deixar de ser criança. Depois do ritual, serei vista como mulher, e não como menina.*

— *Já? Mas não está cedo demais?*

— *Oscar, é simbólico. Não é que eu vou sair da festa pronta pra casamento, né?*

— Juro que, se eu pudesse, eu casava com você!

— O que é isso, meu, tá parecendo o Samir!

Quando acabei de dizer isso, fiquei mudo, porque os olhos da Sofia ficaram cheios de lágrimas e não dava mais pra disfarçar.

— A gente também sente muita saudade dele, Sofia — disse o Oscar.

— É... eu sei, eu sei muito bem. Eu só queria saber para onde ele foi. Eu queria encontrar com ele uma última vez, ou, pelo menos, conseguir me despedir, né?

— Que louco! No começo, o Samir era nosso ódio de estimação. Depois, virou nosso superamigo. Daí, no melhor de tudo, o cara some. Cada coisa que acontece... eu fico triste.

— Nós também — disseram o Oscar e a Sofia.

Oi pessoal!

Sonhei que já estava lá na África...

E a paz não virá pela força

Bom, lá em casa, só a Shirley e o Valdisnei seguem uma religião. Nem minha mãe, nem meu pai, nem meu avô falam muito do assunto. Então, quando vi a cerimônia na sinagoga, achei tudo muito bonito.

A Sofia estava linda e o rabino disse coisas muito legais sobre crescer e assumir responsabilidades, e eu fui percebendo que as palavras dele valiam para todos nós, e não só para as meninas que estavam participando da cerimônia.

Depois, na festa, era um barato. Tinha muita alegria, todo mundo dançando ao mesmo tempo, gente de idades diferentes. E a comida, cara... já viu. O Oscar estava engolindo tudo. Mas, pra dizer a verdade, mesmo com a minha barriga pequena, a comida era tão boa que comi tudo o que deu pra aguentar.

De repente, os pais da Sofia pediram atenção. Queriam passar um filminho de quando ela era pequena. Foi divertido também. Como eles tinham viajado para várias partes do mundo, a Sofia aparecia em cenários diferentes. Era legal de ver.

No final do filme, o rabino se preparou para falar novamente. A dança parou e as meninas ficaram aguardando.

Oscar sentou ao meu lado, com uma cara séria. Ele também estava adorando a festa. Julião e companhia se amontoaram na fileira de trás, só que os caras ficavam falando baixinho e eu já estava ficando muito bravo, quando a coisa mais inesperada do mundo aconteceu.

Foi um choque, cara.

Meu, se eu não tivesse visto com meus próprios olhos...

Não é que quando todo mundo sentou e o rabino se preparou, a porta da frente do restaurante se abriu, escancarada, como se um furacão tivesse batido nela. E pronto.

No meio da festa, entra o Samir.

Sozinho.

Todo arrumado.

A cara branca.

O olho arregalado.

A Sofia virou-se pra ver o que estava acontecendo.

– *Samir! Você!*

Ela sorriu bonito e correu para ele.

– *Ah, mas eu encho a cara desse fulano!*

Era o Julião.

A turma toda se levantou tão rápido que derrubou todas as cadeiras.

Sofia abraçou Samir.

Julião foi pra cima dele.

A porta abriu de novo.

Eram os pais do Samir.

Impressionante.

A mãe dele tinha aqueles mesmos olhos largos. Cara, que mulher mais linda! Já o pai estava com uma cara muito furiosa.

– Volte aqui, meu filho!

Julião aproveitou e arrancou o Samir da Sofia.

Samir caiu sentado e seu pai caminhava em direção a ele, pisando duro e forte. A festa toda paralisada. Ninguém sabia o que fazer.

Foi quando o rabino entrou no meio do pai e do filho.

– Espere. Seu filho veio aqui por alguma razão, meu senhor.

– Ele veio escondido de nós. É imperdoável.

– Espere, acalme-se. E você, menino – disse o rabino para o Julião –, faça o favor de voltar ao seu lugar. Agora diga, rapazinho, por que foi que você veio até aqui?

– É que eu precisava ver a Sofia ainda uma vez, nem que fosse a última.

O rabino fez que sim com a cabeça e o Samir continuou.

– Eu precisava dizer só uma coisa para ela. Porque depois eu vou embora, eu vou mudar de país, e a gente nunca mais vai se ver.

– Então, diga, meu menino.

E quando o Samir começou a falar, a Anísia já chorava feito louca, o Oscar já estava limpando a cara com um guardanapo e eu tinha um nó na garganta que parecia uma maçã enorme que eu não conseguia engolir.

– Eu só quero dizer para ela as mesmas palavras de Ibn Hazm. Eu quero dizer assim:

> *"Um dia roubei um beijo, um beijo secreto daquela que possui meu coração. Que se passem muitos dias, meses ou anos, para mim, só conta aquele breve momento, porque nele está toda a minha vida."*

Rolou um silêncio daqueles.

Será que ia ter briga?

Será que os pais do Samir iam arrancar o cara do salão?

Será que o Julião ia pirar e cair na pancadaria?

Mas, de repente, o rabino começou a aplaudir as palavras do Samir, a Anísia também, depois foram os pais da Sofia, depois foi o Oscar, e, num minuto, a festa inteira aplaudia. A mãe do Samir correu e abraçou o filho, emocionada. E eu fiquei olhando para a Sofia, que também abraçava o Samir, e o que eu vi escrito no rosto dela era muito maior do que aquilo que a gente vê no rosto das atrizes de novela na hora do beijo. Parecia diferente de tudo que eu conheço, mas era muito bonito e cabia direitinho dentro daquelas palavras tão antigas.

Quando os aplausos acabaram, o rabino sorriu satisfeito e disse com uma voz bem forte:

– *A paz nunca virá pela força, mas sim pela compreensão!*

Depois, fez sinal para os músicos, que começaram a tocar uma canção bem alegre e todos voltaram para as mesas para comer juntos. E a Anísia se sentou ao meu lado, suspirou bem fundo e disse:

– *Tá vendo, Mano? Lá fora a guerra continua, mas, pelo menos aqui, agora, neste cantinho de São Paulo, a gente está vivendo um momento muito lindo. Vivam o amor e a amizade!*

Ela levantou o copo pra fazer um brinde e eu lembrei do meu avô e do apelido que ele me deu, Gandhi Pimentinha, e daquela frase preferida que ele vive repetindo: "Não há caminho para a paz. A paz é o caminho...".

O tempo, o lugar e as pessoas

Agora, já se passaram muitos meses depois que tudo isso aconteceu.

O mundo está inteirão.

Sim, Nostradamus errou. Que alívio, cara!

Mas as guerras continuam. É ridículo como o ser humano faz besteira. Pra quê?

Cada vez que eu me lembro do rabino e de toda a festa, fico pensando que, pra mim, também, aquele dia marcou o fim de alguma coisa.

O Samir mudou mesmo de país, a Sofia também foi embora. A gente sabe do paradeiro deles, mas não sabe direito se eles se comunicam.

Eu digo que marcou o fim porque, quando eu era menino, achava que tudo sempre acabava bem. Agora, não. É como eu disse. Ser humano pisa na bola pra caramba. Parece defeito genético, sei lá.

Um dia eu estava triste, com saudades da Sofia e do Samir, com pena porque eles queriam ficar juntos e cada um foi parar numa parte do mundo. Daí eu me lembrei da poesia que o Samir recitou. Entrei na rede e fiquei procurando mais coisas sobre os sufis. Descobri que eles eram grandes contadores de histórias. Que, quando alguém ficava louco, catavam um mestre e faziam o cara contar histórias até o doido melhorar. Bom, acho que o mundo inteiro precisava um pouco desse tratamento. Até eu, cara.

No meio da navegação, quem chega?

Oscar, claro.

— O que é isso, Maninho? Tá querendo bancar o Samir?

— Oscar, não é nada disso, eu só me lembrei das palavras dele.

— Aliás, Mano, será que ele e a Sofia se falam, hein? Será que eles vão se encontrar de novo?

E eu ia responder um "sei lá", balançar o ombro e deixar pra lá a conversa, quando a gente deu com uma história contada por um tal de **Idries Shah**, um poeta sufi, que era assim:

Era uma vez um rei que só queria duas coisas: aprender a ser sábio e ouvir a voz do maior cantor de seu país. Resolveu então que contrataria ambos, o cantor e o sábio, para que seus desejos fossem cumpridos.

Primeiro, chamou o sábio e lhe pediu que ensinasse todos os segredos do Universo. Mas o sábio comeu e bebeu na corte durante muitos e muitos dias sem nunca dizer nada de especial ao rei. O soberano ficou irado, claro. Depois, convidou o cantor para que ele fizesse um espetáculo. O cantor não quis sair de casa. Ainda mais bravo, o rei pediu ajuda ao mestre: "Se você for mesmo um grande mestre, faça com que eu ouça a voz do cantor. Caso contrário, ambos serão mortos!". Mas, em vez de ficar com medo, o sábio fez com que o rei vestisse roupas simples e o levou até a casa do cantor. Sentou-se do lado de fora da janela e cantou uma melodia doce, com a voz um pouco alterada. Imediatamente, o cantor saiu para ensiná-lo a cantar corretamente. Foi assim que, em paz, calmamente, o rei teve seus dois maiores desejos realizados.

No final, surpreso, ele perguntou ao sábio:

"Qual é seu grande segredo, meu mestre? Como consegue resolver tudo com tanta tranquilidade?".

E o sábio respondeu:

"Majestade, o senhor poderá escutar uma bela canção, se houver um cantor presente e se houver alguém que lhe desperte o desejo de cantar. Como acontece com os mestres, com os discípulos, com os cantores e com os reis, assim se dá na vida: tudo depende do tempo, do lugar e das pessoas".

— Mano, que historinha louca! Não entendi nada. Por que ela não é que nem as fábulas, que já vêm com a moral? E você também não respondeu à minha pergunta, cara. Você acha que o Samir e a Sofia vão se encontrar um dia?
— Tudo depende, Oscar.
— Tá legal, cara, fechou. Entendi. Tá certo. Tudo depende do tempo, do lugar e das pessoas...

Referências

Filmes

Casablanca (EUA, 1942) (p. 5)
Filme de 1942, dirigido por Michael Curtiz e estrelado pelas lendas do cinema Humprey Bogart e Ingrid Bergman. Trata-se de um drama romântico que conta a história das pessoas que tentavam fugir da Europa ocupada pelos nazistas. Na história, Rick Blane (Humprey Bogart) reencontra Ilsa Lund (Ingrid Bergman) na cidade marroquina Casablanca, anos após terem vivido um intenso romance em Paris. O filme ficou famoso pelo carisma dos protagonistas, pela trilha sonora marcante (graças à música "As time goes by") e pelos diálogos inteligentes.

Romeu + Julieta (Romeo + Juliet, EUA, 1996) (p. 14)
Trata-se da adaptação do clássico de Shakespeare pelo australiano Baz Luhrmann, diretor e roteirista de estilo inovador. No filme, o cenário da tragédia é Verona Beach, cidade onde duas gangues rivais – originárias das famílias Montéquio e Capuleto – vivem em constante conflito. Baz utiliza uma linguagem visual muito contemporânea e, ao mesmo tempo, mantém alguns dos diálogos como no original shakespeariano, o que intensifica o tom ousado do filme. O galã Leonardo DiCaprio vive Romeu e Claire Danes é Julieta.

Povo

Tuaregue (p. 10)
O povo tuaregue é constituído por mais de dois milhões de pessoas. São pastores nômades que vivem no deserto do Saara e em zonas semidesérticas do Sahel. Eles fazem parte da grande população berbere – que habita o Marrocos, a Argélia, o Mali e o Níger. Na composição de suas tradições estão heranças que vêm desde a pré-história, período em que os berberes já habitavam o norte da África.

Organização

Kibutz (p. 11)
Kibutz – que em hebraico significa "estabelecimento coletivo" – é uma comunidade rural singular, baseada nos princípios de democracia, igualdade e cooperação. Num *kibutz*, todos contribuem com seu trabalho voluntário para o bem-estar da comunidade. O lema é "cada um dá de acordo com sua capacidade e recebe de acordo com sua necessidade".

Personalidades

William Shakespeare (1564-1616) (p. 14)
O mais célebre dramaturgo e poeta inglês. Suas obras foram traduzidas e apresentadas em todas as partes do mundo, e muitas delas tiveram versões cinematográficas. Escreveu comédias, tragédias e peças sobre a história da Inglaterra. O sucesso imortal de Shakespeare deve-se a seus notáveis e complexos personagens e ao dinamismo de seus enredos. As cenas, ágeis e curtas, prendem a atenção do espectador, e os versos, poéticos e sutis, emocionam plateias de todo o mundo.

Ali Ibn Hazm (994-1064) (p. 16)
Grande poeta e pensador islâmico espanhol. Nasceu em Córdoba, na região da Andaluzia. Ibn Hazm era um homem muito sábio, que escrevia sobre história, religião e filosofia. Todos esses conhecimentos aparecem em suas poesias. Na obra O *colar da pomba*, considerado um tratado sobre o amor, os poemas falam sobre a relação entre homem e mulher com muita delicadeza e encanto.

Joan Miró (1893-1983) (p. 17)
Artista plástico nascido em Barcelona, Espanha. Sua pintura alegre e bem-humorada tem um estilo inconfundível, com figuras e símbolos que se repetem em vários quadros. Miró abandonou a maneira realista de pintar e explorou um mundo fantástico, afirmando que a arte é comandada pela imaginação.

Pablo Picasso (1881-1973) (p. 17)
Pintor espanhol considerado um dos artistas mais importantes do século XX. Talento precoce, dono de infinita criatividade e impressionante versatilidade, Picasso explorou a pintura, a cenografia, a cerâmica e a escultura, sempre buscando novas descobertas. Foi um pacifista e defensor da liberdade criativa.

Salvador Dalí (1904-1989) (p. 17)

O pintor espanhol Salvador Dalí foi um autêntico *showman*. Usava longos bigodes espetados nas pontas e gostava de fazer publicidade de si mesmo. Dalí ficou muito conhecido por suas extravagâncias, que lhe renderam várias críticas e muito dinheiro. Imagens fantásticas e alucinadas, como os relógios curvados e derramados como se estivessem sendo derretidos pelo sol, são marcantes em sua obra. Dalí era perdidamente apaixonado por Gala, sua musa absoluta até o fim da vida.

Nostradamus (1502-1566) (p. 24)

Michel de Notredame foi um astrólogo e médico francês do século XVI. Gozou de ótima reputação na corte, tendo sido conselheiro real e médico permanente do rei Carlos IX. Suas profecias, escritas em versos na obra *Centúrias*, falam de tragédias e males que recairiam sobre a humanidade. Algumas pessoas, seus fiéis, acreditam que Nostradamus tenha predito a ascensão de Adolf Hitler, a invenção das bombas, dos foguetes, submarinos e aviões.

Mahatma Gandhi (1869-1948) (p. 25)

Nascido na Índia, foi líder político e espiritual. Desenvolveu a filosofia da *satyagraha* (verdade-força), que significa resistência não violenta ou passiva. Dono de um estilo ponderado, buscava o entendimento, o diálogo e a cooperação para a resolução de conflitos. A resistência passiva seria a maneira de enfrentar os adversários sem violência ou ódio.

Osama bin Laden (1957-2011) (p. 25)

Uma das mais conhecidas figuras do terrorismo mundial. Filho de um milionário saudita, Osama bin Laden destinou grande parte de sua fortuna a financiar movimentos terroristas. Bin Laden e a sua rede *al Qaeda*, ou "a base", uma espécie de centro operacional para os extremistas islâmicos, foram acusados de diversos ataques terroristas. Apontado como mentor dos atentados de 11 de setembro de 2001, Bin Laden conseguiu escapar da campanha norte-americana no Afeganistão. Procurado por quase 10 anos, foi capturado no Paquistão.

Idries Shah (1924-1996) (p. 42) – Sufi (p. 16)

O escritor indiano Idries Shah foi autor de inúmeros livros sobre o sufismo, traduzidos em vários idiomas. Shah tornou-se um dos sufis mais famosos do Ocidente e se dedicou a adaptar o pensamento espiritual clássico para o mundo moderno.

Sufi é o indivíduo adepto do sufismo, uma filosofia mística de autoconhecimento e contato com o divino. O conceito maior do sufismo diz que o devoto deve "estar no mundo sem ser do mundo", ou seja, livrar-se da ambição, da cobiça e do orgulho.

Fatos

Luta armada (Brasil) (p. 24)

Durante o período da ditadura militar (1964-1985), várias pessoas que se opunham à falta de liberdade e ao autoritarismo que vigoravam no país se organizaram em movimentos clandestinos que visavam derrubar o regime por meio da luta armada. Os combatentes realizaram diversos assaltos a bancos para sustentar suas atividades. Sequestros de diplomatas estrangeiros eram feitos com o objetivo de negociar a liberdade de presos políticos.

Antraz (p. 34)

Causado por uma bactéria chamada *Bacillus anthracis*, o antraz é uma doença que normalmente acomete bois e ovelhas, em pastos infectados. Em uma guerra biológica, o antraz é a arma que pode causar mais mortes – 100 quilos podem matar até três milhões de pessoas por infecção. Para evitar a disseminação desse tipo de ataque, diversos países assinaram um acordo internacional em 1972. Após os atentados de 11 de Setembro, porém, foram registrados nos EUA alguns casos de cartas que continham a bactéria.

Religião

Ogum (p. 28)

Na tradição afro-brasileira do candomblé, Ogum é a divindade da ação, rebeldia, liberdade e movimento. Padroeiro da capoeira e de todas as formas de luta, espadachim das sete espadas, ousado e visionário, é o deus que abre os caminhos e faz o corte purificador. Tudo o que passa pelo fio de sua espada nascerá mais forte. Nos terreiros, Ogum é invocado para ajudar na cura do alcoolismo e da dependência de drogas. Deus da força e da energia vital, sua sabedoria é usada para cortar o mal pela raiz.

Bat-mitzvá (p. 35)

O *bat-mitzvá* ("filha" do mandamento) ou *bar-mitzvá* ("filho" do mandamento) é um ritual judaico. Quando a menina completa 12 anos, ela é inserida em sua comunidade como um integrante adulto, sendo responsável por seguir os mandamentos divinos. O mesmo ocorre com os meninos, aos 13 anos. Essa cerimônia, que é seguida de uma reunião festiva entre os familiares, indica que o jovem já tem responsabilidade sobre seus atos e irá se aprofundar no conhecimento religioso.

Luta

Sumô (p. 28)

Essa luta muito antiga, que tem mais de dois mil anos, é um dos esportes mais populares do Japão; seus torneios enchem os estádios e são transmitidos ao vivo pela televisão. Para os que praticam, o sumô fortalece o espírito e melhora o controle mental. Não é permitido chutar, socar ou bater. Os lutadores são pesados, e vence quem conseguir empurrar o adversário para fora do círculo, que fica dentro do ringue, ou encostar qualquer parte do corpo do opositor no solo.

Dança

Pasodoble (p.31)

Essa dança tradicional espanhola é inspirada nas touradas. É como se o dançarino representasse o toureiro, e a dançarina, a capa. Por isso, na dança as mulheres quase sempre usam um vestido vermelho. O cavalheiro conduz a dama e comanda os movimentos, que imitam as manobras do toureiro na arena.